쉼표가 필요해

쉼표가 필요해

초판 1쇄 인쇄 2011년 09월 09일
초판 1쇄 발행 2011년 09월 16일

지은이 | 김윤희
펴낸이 | 손형국
펴낸곳 | (주)에세이퍼블리싱
출판등록 | 2004. 12. 1(제315-2008-022호.)
주소 | 157-857 서울특별시 강서구 방화3동 316-3번지 한국계량계측협동조합 102호.
홈페이지 | www.book.co.kr
전화번호 | (02)3159-9638~40
팩스 | (02)3159-9637

ISBN 978-89-6023-671-4 03810

쉼표가 필요해

김윤희 시집

차례

내일은

고슴도치의 예쁜 사랑
거북이의 무한 질주
미련한 곰의 멋진 재주
굼벵이의 작은 희망
나무늘보의 힘찬 열정
하루살이의 밝은 미래
기적같은 일만 일어나길
내일은 진정한 행복이길

밀고 당기기 사랑

때론 섹시하게
때론 귀엽게
때론 냉정하게
때론 따스하게
그렇지만 마음은
한결같은 그런
여우같은 여자 돼
평생 사랑받을래

별은 아직 빛나고

오래 전 한때는 문학 안에서 살면서
괴테가, 헤르만 헤세가, 톨스토이가
양귀자가, 공지영이, 박완서가
되겠다던 꿈 많던 그 순수하고 귀엽던
소녀는 지금은 비록 너무 초라하지만
그 작은 날개를 펼치고 오래전 꿈꾸던
세상을 향해 끊임없이 날고 싶다
존재감이 없다고 느낄 때에 갖게 되는
아픔을 떨쳐 버리고 희망을 살고 싶다
문학을 사랑하던 그 순수했던 소녀
아직 내 마음에 불꽃처럼 살아 있으니

princess magic

나는 내일 더 행복하고
나는 내일 더 빛이 나고
나는 내일 더 사랑받고
나는 내일 더 사랑하고
나는 내일 더 배려하고
오늘보다 내일 더
매력적인 여자가 될래!

벗

어제도
오늘도
내일도
전부 다 고마워요
내 곁에 있어줬고
내 곁에 있어주고
내 곁에 있어줄 거니까

인연

만나야 할 사람
만나야 할 인연
만나야 행복하고 살아갈 수 있는 사람들
서로의 가슴에 사는 사람들
분명히 만날 거란 사실
진정한 인연은 애쓰지 않아도 결국엔
만난다고 생각해요

남녀 사이

우리거나
아니면 남이거나
사랑이거나
아니면 사랑이 아니거나
남녀 사이를 결정짓는 그 두 가지

친구에게

네가 내게 오면 언제라도 난 좋아
그저 편히 이야기 나눌 수 있어 좋고
가끔 힘들어지는 일들도 네가 위로해 주고
내가 행복해 하면 비로소 너도 안심하고
그래서 난 더 더욱 널 아끼고 사랑해
너랑 언제까지나 함께 걸었음 좋겠어
내가 가는 길에
나의 옆에
아니, 네가 가는 길에
네 옆에 내가 있었음
친구라는 소중한 이름으로 함께였으면
같이 갈게 때론 같이 걷고 때론 함께 뛰며
내가 너와 함께 언제나 같이 갈게

사랑이 올까?

내가 진실한 사랑을 믿는다면
그렇다고 한다면
사랑이 내 안에 올 수 있을까요?

난 이제 다시는
안 된다고 마음을 닫아버리지만
세상에 남녀 간의 사랑만 존재하는 건 아니잖아요
우정도 배려도 나눔도 모두 사랑이잖아요
내가 사랑을 받지 못하고
사랑을 하지 못한다고 해서
모든 것에 대한 마음을 닫을 필요는 없는 거잖아요

마음을 답답한 새장 속에 가두는 것은
이젠 싫어요
너무 숨막히잖아요
너무 눈물이 나잖아요
이제부터라도 다시 사랑을 맞이해 볼게요

말없이 지켜봐 주는

나에겐 사랑이 너무 어려워
사랑을 하면 이성이란 게 온데간데 없어지고
오직 그 사랑땜에 열병을 앓는 사람 되어버리고
또 어린 아기처럼 자꾸만 울며 보채고 투정부리고
사랑인 걸 알면서도 수없이 확인하려 하고
온통 욕심쟁이가 되어 그 사람을 귀찮게 하고
사랑하는 사람에게 내가 상처를 주잖아

처음엔 맘먹을 때 그랬어
사랑하는 사람을 위해 한없이 좋은 사람 되겠다고
늘 그 사람 위해서 기도하고 힘이 되어주고
그리고 잠시도 웃지 않는 순간 없도록 그렇게
그렇게 내가 그 사람의 든든한 동반자가 되어 주겠다고
그런데 내가 상처를 주고 오히려 위로받는 날이 더 많아
사랑하는 사람에게 내가 힘이나 될는지

이제라도 날 바꿀 거야
사랑하는 사람의 뒤에서 말없이 지켜봐 줄 거야
욕심 부리지 않고 투정부리지 않고 내가 그 사람의
행복을 위해 늘 기도하고 정말 힘이 되어 줄 거야
그 사람이 사랑하는 일, 사랑하는 사람들을 위해

더 많이 행복을 빌어주고 바라보며 그렇게 서 있을 거야

오직 말없이 사랑하는 사람의 등 뒤에서

그래도 영원히

이제는 더 이상
그대에게 내 몫의 사랑이 없다는 걸 압니다
그래서 아프지만 그것이 제 운명이겠죠
하지만 내 안에서 그대는 그대로이니 나에게
그대는 영원합니다

그대에게서 누리고 싶던 기쁨도
그대에게서 위로받고 싶던 슬픔도
그리고 기꺼이 안길 수 있던 그대의 품도
내 안에서만은 영원합니다

그대를 알기 전 알았던 사랑이 하나도 느껴지지 않고
사랑일 수가 없는 나에게 오직 한 사람
그대는 곁에 없어도 내 가슴에 아직 그대로네요

이별을 말하지 말아요

사랑하는 마음 하나 만으로 그 사랑을 가질 수가 없고
사랑하는 용기 하나 만으로 그 사랑을 지킬 수도 없고
내가 할 수 있는 게 하나도 없어서 이렇게 아프지만
이젠 알겠어요
사랑하는 마음 하나 가슴에 간직하는 것만으로 그래도
살아갈 이유가 충분하다는 것을요
그 사람 말없이 지켜보면서 아름답게 소중하게 영원히
기억하고 사랑할 수 있음이 더한 행복이란 것을요
간직된 추억이, 기억이, 사랑이 바래질 순 있어도
변질되진 않잖아요
아주 끝났다고 말할 수도 없잖아요
두 마음에 언제까지나 간직될 수 있으니 영원한 사랑이
되는 거잖아요
지금 할 수 있는 게 단지 행복 빌어주고
기도해 주는 것뿐 일지라도
울지 않을래요
소망을 가슴에 품은 이 사랑이 너무나 소중하고 벅차서요
아직 끝이라고 말할 수 없게 내 안에 가득하니까요
혹시 모르잖아요
나중에 시간이 오래 흘러서 혹시 모르잖아요
사랑이란 그 하나가 꿈이 되어 멋지게 이루어 질지두요

단순해

남자
정말 단순하다
그들은 보고 싶으면 어떻게든 보는 사람이다
목소리가 듣고 싶으면 또 반드시 전화한다
무슨 일이 있어도, 또 능력이 안 돼도 사랑 앞에서
무조건 뭐든지이다
아니라면 사랑이 식어서다
사랑하지 않는 것이다

여자
참으로 복잡하다고 말한다
하지만 그 복잡하다는 여자도 단순하다
사랑 앞에서 약해지고
판단조차도 흐려지고
질투와 욕심에 자존심도 버린다
이성적으로 행동하고 판단한다면 사랑이 식어서다
아니면 사랑하지 않는 것이다

남자든 여자든
그들은 사랑에 빠지면 자신들이 불속으로 뛰어 드는지도
어쩌면 어린아이들처럼 그렇게 유치하면서도 순수해지

는지도
자신들은 모른다

남과 여 그 끝을 알 수 없는 복잡하면서도 단순한 이야기

우정

오랜 시간을 알아도 낯설고 어려운 벗이 있습니다
그런데 오랜 시간을 알면 알수록 가족 같은 벗이 있습
니다
그녀들이 있어서
그녀들을 보아서
갑자기 가슴이 뛰고 정말 가슴 벅찬 행복을 느꼈습니다
함께 웃고
함께 울었기에
오래도록 서로 만나지 못해도 늘 그리워했나 봅니다
앞으로도 내 소중한 벗들을 가슴 깊이 간직해 두고
항상 기억하며 항상 함께 하고 싶습니다

그대와

그대와 모든 것을 함께 했으면 좋겠어요
지금 느끼고 있는 날마다 커가는 설레는 감정도
그대로 인한 것이기에 그대와 나누고 싶어요
그럼 우리는 그 소중한 감정을 사랑이라고 이름 짓겠죠
그랬으면 그대가 사랑이라고 먼저 그래 주었으면

그대와 모든 꿈을 함께 그렸으면 좋겠어요
지금 그대 덕분에 날마다 행복하고 꿈을 꾸어요
그대 아닌 그대 없는 내일을 상상할 수 없어요
그럼 우리는 그 푸르른 감정을 사랑이라고 이름 짓겠죠
고백해 주었으면 정말 나와 영원히 함께 하고 싶다고

동심

무지개 너머엔 정말 요정들이 살고 있을까?
어릴 적 너무나 궁금해 했던 동화 속 세상
이렇게 어른이 되어도 여전히 믿고 싶은 순수

달나라 토끼는 매일 떡방아만 찧고 심심했을까?
어릴 적 너무나 궁금해 했던 상상 속 세상
이렇게 어른이 되어도 여전히 간직하고픈 동심

결국은 물어 보지 못할 거면서

그에게 물어보고 싶었어
마음속으로부터 간절히
나에게 어떤 마음이냐고

혼자서

혼자 해 볼게
나 혼자서도 잘 이겨내 볼게
넌 그냥 멀리서나마 지켜봐줘
너 없인 난 죽을 거 같이 힘들었는데
그래도 이렇게 살겠다고 먹고 그러잖아
이런 나 자신이 미웠어
너무나 미웠어
그래서 날 원망하고 미워했어
그런데 지금 보면
난 너보다 내 자신을 더 사랑하나 봐
그런가 봐, 그래 이게 진실인가 봐
그런데 넌 없으니
아무리 찾아도 찾을 수가 없으니
그러니 나 혼자 잘 이겨내 볼게
잊은 건 아니지만 혼자서도
나 혼자서도 울지 않고 살아가 볼게
자꾸만 눈물이 나도
마음이 바보처럼 쓸쓸해져도
꿋꿋한 마음먹고 열심히 살아갈게
사랑해 사랑해 사랑해
더는 네게 전하지 않을 말

혼자서 이 세상을 이길 용기를 가질게
나 없어도 나 잊고도 너두 잘 살아줘

이제 난 괜찮은 것 같아요

이제 난 괜찮은 것 같아요
슬픈 노래를 들으면 아직도 마음이 아프긴 하지만
눈물쯤은 씩씩하게 참아낼 수 있고요
못 견디게 마음이 허전해서 잠도 이룰 수 없었던
그런 시간도 이제껏 견뎌 왔잖아요
영원히 아파하고 울며 어떻게 살까를 걱정하며
참 의미도 없이 기약 없는 희망을 바라며 지냈는데
이제는 많이 스스로를 다독이며 잘 지내요
다만 참 좋았던 날들이 때로는 너무나 그리울 거예요
나에겐 다시 올 수 없는 시간들이잖아요
그대도 그리운가요? 정말 더없이 좋은 시간이었나요?
이젠 정말로 돌아갈 수 없는 시간일 테죠?
그래서 허전함이 아직은 많이도 내 안에 남아 있지만
그대가 어디서든 누구와 있든 행복하길 기도해요
아마 나보다 더 먼저 안정을 되찾았을 그대
그래도 괜찮아요 나에게 진심을 주었으니까요
그저 잊더라도 모두 잊지는 말아주세요
우리 둘 함께 했던 짧은 시간이 행복했기를
그리고 다시없는 기억으로 가슴에 남아 있기를
그대 아직은 내겐 너무나 그리운 존재
날 걱정하진 말아요 차츰 더 괜찮아지고 있으니까요

언젠간 또 지금보다 더 나아질 거구요
그대 행복한 모습으로 늘 미소 지으며 살아 주세요

찬란한 사랑

나의 젖은 마음에선 늘 우리가 듣던 노래를 찾아
이렇게 한조각 추억을 찾아 퍼즐 맞추는 것처럼
날마다 깊은 새벽을 열어 다시 듣기를 반복해
네가 보내던 사랑의 진심이 담긴 글들을 읽으며
그때의 네가 날 위해 보여 준 사랑을 느끼며
그렇게 매일을 살았어 그리움으로 추억으로
네 곁에서 너의 사랑을 받을 다른 그 누군가를
질투도 하고 부러워하면서 말야 바보처럼
그래도 난 괜찮아 너의 행복한 모습을 상상하면
나도 힘이 나니까 나도 그런 행복 가졌었으니까
잠시였지만 너의 전부여서 좋았던 그런 나니까
이젠 마음을 비울 수 있어 그리고 이해할 수 있어
우리의 사랑과 그리고 예감하지 못했던 이별마저도
그건 우리의 길이었어 우리 힘으로 어찌하지 못했던
너에게 가졌던 사랑과 증오는 이젠 다 버릴 거야
너와 나 우리 각자의 자리에서 행복하길 기도해

안녕! 다시 우리 다시는 더는 아파하지 말기를
안녕! 내게 다신 그런 아름다운 사랑은 없을 거야

사랑받은 여자는 1

사랑받는 여자는
세상 모든 것을 다 가진 여자
사랑하는 여자를 위해서라면
남자는 그 어떤 것이든 다 아낌없이 주고 싶어 하잖아
진실한 사랑을 아는 남자는
여자의 마음부터 헤아릴 줄 알고
그 한 여자를 위해서만 마음을 줄 수 있는 남자
힘한 세상으로부터 여자를 지켜주고
자신 또한 지킬 수 있는 남자
그런 남자로부터 사랑받는 여자는
더 바랄 게 없이 행복함으로 부자가 되는 여자

사랑받는 여자는 2

사랑받는 여자는
남자가 자신을 사랑하는지에 대해서
너무 연연해하지 않는 여자야
왜냐하면
사랑을 믿고 있기 때문에 남자를 편하게
해 주거든
만약에 남자를 의심하고 믿지 않는다면
상대방의 사랑은 금세 지치게 될 테고
자신도 늘 의심과 상심으로 힘들게 돼
진정 사랑받는 여자는
굳건한 믿음으로 자신을 지키고 상대를
흔들리지 않게 잡아줄 수 있는 여자야
때론 남자도 여자에게 의지하고 위로받고
싶어 하거든

사랑받는 여자는 3

사랑받는 여자는
그냥 저처럼 평범한 여자이겠죠?
너무 단순하고 너무 평범해서
자신이 아무것도 아니라고 생각하니까
남자는 그런 여자에게서 편안함을
느끼잖아요
나는 그냥 평범한 여자니까 하며
늘 노력하고 늘 꿈을 갖고 살잖아요
사랑받는 여자는
실은 사랑받기 위해 끊임없이 노력하는
저와 같은 그런 평범한 여자인 거 같아요

영원히

너인 거 같아
아직도 내 가슴 이렇게 뛰게 만드는 사람
자꾸만 미치도록 눈물 나고 외롭게 만드는 사람
너를 잊으려 할수록 생각나서 마음이 아파
너는 나를 잊었을 텐데
너는 나를 지웠을 텐데
나는 잊는 방법조차도 몰라서 이렇게 아파
네가 내 눈물 볼 수 없게
네가 내 슬픔 알지 못하게
날마다 애쓴다고 하면서도 마음을 들키는 거 같아
아니 보여주고 싶었어
나 아직 너란 사람 많이 사랑하고 있음을
그냥 알아주길 바라는 마음뿐이야
볼 수 없어도
만질 수 없어도
사랑하는 마음 하나 닿으면 얼마나 좋을까
그저 마음 하나만 서로에게 닿을 수 있다면
나의 마음을 깨끗이 씻어 버릴게
그리고 깨끗이 지울게
너만 부담스럽지 않고 행복할 수 있다면
어떻게 사랑하는데도 사랑을 하지 못하고

살 수 있는 건지
참 독하고 아픈 마음
사랑해서 너무나 아프고도 그리운 마음
오래도록 깊이 마음에 숨겨둔 하고 싶은 말
사랑해 그리고 그리워

사랑해 그리고 기억해
사랑해 그리고 영원히

어머니

어머니 당신은 제 삶의 눈물입니다
당신을 생각하면 목이 메고 가슴이 미어집니다
당신의 젊음과 온 삶이 저에게로 전부 바쳐짐이 미안함
입니다

어머니 당신은 제 삶의 기쁨입니다
당신을 바라보면 항상 가슴이 평온하고 따스해집니다
당신의 그 주름지고 검버섯이 피어난 모습조차 아름답
습니다

어머니 당신을 향한 제 사랑은 말로 다 표현하지 못합
니다
당신께서 존재하심으로 인해 제가 힘을 얻고 또한 존재
합니다

어머니 어머니 어머니 나의 고귀하고 자애로우신 여인
당신께서 주신 사랑을 저는 왜 반도 헤아리지 못하고
반의 반도
갚아 드리지 못하는지요
후회하기 전에 어머니께 제 깊은 속에 가득한 사랑을
드리겠습니다

어머니 사랑합니다
한 아이의 엄마가 되어서야 더 많이 깨닫는 진리
어머니의 사랑은 끝이 없으며 무한하며 지극히 높습니다

당신을 닮고 싶습니다
당신을 언제까지라도 보고 싶습니다
영원히 지키고 싶습니다
어머니 당신은 이 세상 그 누구보다 저를 잘 아시는 제
모든 것입니다

사실은

내 손가락은 말을 듣지 않습니다
어느새 그 사람의 번호를 무심코
누르고 있습니다
어느새 그 사람의 이름을 수없이
적어 내려가고 있습니다
어느새 그 사람의 흔적을 자꾸만
찾아 가고 있습니다

그런데 생각해 보면
말을 듣지 않는 것은 내 손가락이 아닌
내 머리와 가슴속이었습니다
가슴에서 그리워하고
머리에서 계속 생각하는 이유였어요
그렇게 머리와 가슴에서 온통 생각하는
그대를 손가락은 그저 지시받은 대로
행동하고 있을 뿐이었죠
실은 그랬던 거죠
사랑이란 감정이 그렇게 만든 거였죠

마음에게

이젠 너무 오랫동안
마음을 아프게 하거나
마음을 다치게 하는 일은 없기를
나의 마음에게 전했다
내 마음에게 약속했다
그리고 속삭이듯이
너무 아픈 눈물은 없게
마음을 꼭 닫아 둘 거라고
마음을 비워놓은 채 살 거라고
그렇게 말했다

시간이 흘러도

시간이 흘러도
그것은 단지 물리적인 것일 뿐이라 여기며
마음은 그대로일 거라 믿었습니다
우리의 마음이 늘 한결같을 거라고
난 그렇게 믿었습니다
하지만 시간이 점점 멀어짐에 따라
마음도 시간이 흩어놓았나 봅니다
더 이상은 느낄 수 없는 빈 마음이 돌아옴을
느낍니다
누군가의 시처럼 마음이 그대로이면
사랑은 영원하다고 했지만 그것은 그 사람의
이야기였나 봅니다
내 얘기가 아니었나 봅니다
기대하지 말아야 할 마음과 관심
품지 말아야 할 그리는 마음
보고파하고 기다리는 마음
그렇게 깨질 약속이었다면
내가 간직하는 미련한 사랑이
쉽게 접을 수 있는 것이라면 참 좋겠습니다
멀리서부터 눈물이 뚝뚝 떨어져 흐릅니다
깊은 곳으로까지 눈물이 차오릅니다
무엇 때문인지 눈물만 자꾸 자꾸만

봄이 오는 길로

봄이 오는 길로
당신을 맞이하러 갑니다
당신은 이전보다 더 멋진 모습으로
내게 옵니다
깊어진 사랑으로 내 안에 옵니다

봄이 오는 길목에서
당신을 지금 만납니다
당신은 이전의 아픔을 버리고
내게 왔습니다
이젠 이별은 우리에겐 없습니다

사랑해도 좋다고

가끔씩 때때로 나도 모르게 울컥 눈물이
흐르는 날이 있다
그건 내가 사랑하고 있다는 것을 눈물이
알고 말해 주는 것이다
그의 뒷모습만을 바라보는 이렇게
바보 같은 나를 안타까워하고 있는 것이다
내 자신에게 그럴 때면 이렇게 말한다

어서 널 사랑해도 좋다고 말해
늦기 전에
사랑이 지나가 버리기 전에
사랑이 지나간 후에는 너는 후회의 눈물을
흘릴 테니까
가슴 떨리고 바라만 봐도 눈물 나는 그
사랑이 아픔의 눈물이 되지 않기를 내심
넌 바라고 있을 테니까

우리 푸르른 날에

세상의 모든 소리가 하물며 그저 소음일지라도
천상의 소리처럼 우리 가슴에 음악처럼 들리고
세상의 아무리 보잘것없고 하찮은 존재일지라도
신이 가장 아름답게 빚은 작품처럼 우린 보았고
날이 흐리고 세찬 바람이 부는 그런 날일지라도
항상 포근하고 따스한 날들 뿐이었던 그런 시간들
내가 갖고 그대가 갖던 함께 나누었던 사랑했던
그 좋았던, 아름다운 다시 올 수 없는 좋았던 날
우리 푸르른 날에 아픔은 없을 거라고 믿었었어
그 시간은 이젠 없지만 내 눈에 마음에 간직하고
있다고 내가 그대에게 고백했던 적이 있었을까
시간이 많이 흘렀어도 그때 그대가 알고 있을까

나는 언제나 그래

꽃이 시들어 가듯이
나의 시간도 시들어 가는 거
그건 너무나 자연스럽지
하지만 사람들은 너무 몰라
여자는 아무리 나이를
먹어가도 한낱 어린 소녀 같다는
그런 평범한 진리를
여전히 사랑받고 싶고
늘 한결같은 마음인 것을
.

어쩌면 사소한 한마디에도
마음이 아파지고 눈물이 날까
나의 시간은
열일곱에 품었던 그 마음 그대로인 것을
내가 아무것도 아니어도
내가 그때의 시간을 잃었어도
마음은 아니야
하나도 변한 게 없어
나는 그래 언제나 그래

쉼표가 필요해

시간을 열 수 있는 그런 열쇠가
있다면 내가 행복했던 시간의
문을 열고 들어가 마음껏 누리고
싶다 언제든 내가 필요할 때면
그리고 시간에 쉼표가 있다면
난 지금 쉼표를 찍고 잠시 쉬고 싶다

시간을 되돌릴 수 있다면 난 어떤
시간으로 되돌아가고 싶은 것일까
가끔 혼자 상상하는 것
시간 참 낭비하고 있는 거 아냐?
앞으로의 시간들을 생각하며 살자
더 나아지고 행복할 그런 내 미래의
소중한 시간을

이대로 볼 수만 있어도

마음에 담아둔 말 꺼내고 싶은데
정말 고백하고 싶은데
내 마음 알아 달라고
내 마음 받아 달라고
그런데 절대로 꺼낼 수 없는 말
그래서 한없이 울적해지는 말
사랑해, 이 말
바보같이
목에 걸려 답답해지는 기분
네가 알고 있다면
너도 내 맘 같다면
우리 영원히 헤어지지 않고
이대로 볼 수만 있어도 좋겠어

네가 좋다고

넌 그냥
무심히 하는 말이지만
난 거기서 의미를 찾아

넌 그냥
무심코 하는 행동이지만
난 그 안에 사랑을 찾아

네가
그냥 나를 보고 웃을 때도
난 가슴이 뛰고

네가
그냥 나를 보고 말할 때도
난 마음이 설레

넌 그냥
그냥 그렇게 아무 의미 없이
하는 모든 게 나한테 너무 크다고

바보야
그걸 아니?
끊임없이 말하고 있는 내 말 행동들

좋아해
좋아해
좋아해

울어줄게요

요즘 시대엔 우는 사람은 바보 취급당하기 십상이다 눈
물 흘리는 사람에게 자기감정도 컨트롤 못 한다고 나약
하게 왜 우느냐고 타박을 주기도 한다 눈물은 신이 주
신 축복의 선물이라고 이병욱 박사님은 말씀하셨다

눈물이 있어야 세상을 볼 수 있고 감정을 조절해서 스
트레스를 풀 수 있다고 그리고 감정을 정화해서 다시 힘
을 낼 수 있게 해준다고 말씀하셨다

우리 시대엔 강한 자는 울지 않는 자라고 논리 아닌 논
리를 편다

특히나 어른이나 남자가 울면 어른스럽지 못하다고 남
자답지 못하다고 울지 못하게 만든다 울어선 안 된다고
학습시키고 있다

하지만 이것은 옳지 못하다 컴퓨터게임에 빠져 폐쇄된
공간에서 자기 자신조차 돌아보지 못하는 우리의 아이
들에게 눈물은 찾아보기 힘들다 사이버 상에서 게임이지
만 사람을 죽이고 피 흘리는 장면에서 희열을 느끼고 죄
의식은 없었다 그리고 오히려 기뻐하고 행복해 하고 있다

이렇게 메말라가는 정서를 가진 요즘의 아이들이 잘 하는 것이 무엇인지 바로 싸움과 폭력, 이기주의, 자기중심적 사고다

타인을 배려하는 이타심은 없다 오직 물질과 자기 만족감에 살고 있다

이런 것은 우리 어른들이 그렇게 만들어 버린 것이기에 책임감과 죄책감을 가져야 할 것 같다

감성이 풍부해서 드라마를 보고 눈물을 흘리는 아이에게
다른 사람이 아파하는 것을 보고 안타까워 우는 아이에게
자기감정을 솔직히 표현하려 우는 순수하고 착한 아이에게

울어선 안 된다 강해야만 살아남는다고 강요할 것인가
아니 그래선 안 된다 잘 우는 아이는 섬세하고 순수하고 착하고 축복받은 사람인 것이다

표현한다는 것은 솔직하고 꾸밈이 없고 마음 착한 심성을 가졌다는 것이다

왕따를 시키고 폭력을 휘두르고 누군가에게 상처를 입히고 울지 않고 아무런 감정도 느끼지 못한다는 것은 로봇과 다를 바 없다는 것을 보여준다

우리는 인간이다

신이 주신 눈물 흘림과 웃음은 인간이 누릴 수 있는 특권이다 그러나 웃는 것은 쉽다 잠시라도 웃는 것은 너무나 쉽지만 우는 일은 힘든 일이다 웃는 일보다 더 다른 사람의 시선을 의식해야 하고 신경 쓰이고 겁이 나기 때문이다

하지만 각박해져버린 이 세대에 눈물을 흘리는 사람들이 있다면 함께 울어주고 싶다
누군가 마음 아프다면 함께 울어주고 누군가 외롭다면 함께 있어주며 마음을 나누고 싶다

그런데 난 정확히 옆집에 누가 사는지도 모른다

매일 다른 사람들을 사랑하게 해 주세요 기도드리지만
정작 내 주위에 있는 사람들도 돌아보질 못한다 내가
바쁘다고 내가 더 힘들다고

하지만 조금의 마음 씀이 세상을 더 밝게 더 건강하게
또 행복하게 해 줄 수 있음을 상기하고 망각하지 말고
바라보자

이제부터는 함께 울어주고 배려하고 사랑하는 삶을 살
고 싶다
정말 이제부터는 진짜 휴머니즘을 가진 인간이 되고 싶다

자존심

그 어떤 순간에도
그 어떤 고난에도
그 어떤 상황에서도
자존심만큼은 지키는
그런 멋진 여자이고 싶다

세런디피티(Serendipity)

우연한 행운, 횡재
아니 우연한 행운은 없다
간절히 바라고 원했기 때문이다
온 마음으로 원하고
또한 믿을 때에 그 행운은 우리에게
오는 것일 게다
나는 믿는다
나는 행복할 것이고 원하는 것을
가질 수 있다고

힘을 내!

잊혀지는 것이 참으로 많습니다
지워지는 것도 참으로 많습니다
시간이 다해서
기억이 다해서
마음이 지쳐서
더는 기억하고 싶지 않습니다
더는 붙잡기도 싫습니다
아니었던 것
또 아닌 것
마음 아프게 참 많습니다
오늘 지금부터 새로운 마음으로
시작하려 합니다
지친 나를 일으켜서
아픈 마음 달래서
상처 또한 깨끗이 치료해서
내일은 더 많이 웃을 거구요
내일은 지난 일 때문에 얽매이지 않을 거구요
뒤돌아보지 않고 앞을 향해 걸어갈 겁니다
그리고 나는 힘들어도 더 힘을 낼 겁니다

머물다

어른이 되면 다 완벽해지는 줄 알았습니다
샘처럼 얕았던 생각의 깊이도 바다처럼 깊어지고
풋내기 같던 사랑의 방법도 다 알 것만 같았고
모든 게 다 어른이 되면 쉽게 해결되어지는 줄 알았습
니다
그런데 어른이 돼 어른의 모습으로 살아도 그렇게 되진
않는다는 걸 알았습니다
어른은 단지 조금 더 아주 조금 더 세상을 알뿐이라는
것을
알았습니다
나는 내가 온전한 어른이라고 믿었지만 시간이 흘러도
그게 온전히 되는 것은 아니라는 사실도 알았습니다
살아가면서 그저 조금씩 조금씩 배워가고 끝없이 배워
간다는
사실도 또한 알았습니다
그리고 내심 본심은요
난 어른이 되고 싶진 않았던 것 같습니다
아직 마음엔 어른이 되고 싶지 않은 바람이 남아 있으
니까요
어린아이처럼 순수하고 싶고 모든 걸 다 알려고 또 아
는 듯이

행동하고 그런 척 해야 하는 그 모습이 어색하고 어려우
니까요

추억

세상에 상처 없는 사람이란 없다
나를 보면 가슴이 아린다던 나만 있으면
행복하다던 세상 그 누구보다 소중하다던
나를 위해 웃고 나 때문에 울던
내가 아프면 약을 사다 주고
내가 끼니를 못 챙기면 도시락을 사다 주고
온통 나만을 위해 존재한다던
그렇게 날 사랑해 주었던 사람이 떠나가고
시간이 이렇게 오래 흐른 후
나는 사랑을 잃었고 감정을 다쳤고
마음을 죽였다
다시는 회복될 수 없는 상처와 아픔만 남았다
그때 그는 나를 잊었을까
그때 그는 이별 후에 어땠을까
나만큼 아팠을까
나처럼 슬펐을까
나는 미련하게 너무나 바보처럼
거짓말을 못해서 감정에 약하고 쉽게 눈물을
보이고 만다
그렇게 눈멀고 귀를 막고 했던 사랑을
후회하진 않지만

그 하나로 인해 마음의 문이 닫힌
나는 아직도 이별 노래에 눈물이 흐른다
깊은 밤엔 이렇게 혼자 노래를 듣는 일이 어쩌면
나를 위로하는 것일지도 모르기에
나도 그런 사랑을 했었구나
불꽃보다 뜨겁고 열정적이고 환한 사랑을
다시없을지 모를 그런 사랑을
그가
나를 기억할까
모든 게 두려워 도망치려던 나를 포근히 감싸
안아주고 위로하던 순수했던 착한 그가
그때의 나만 알던 그가

가장 어려운 말

사랑을 많이 해 본 사람들은
사랑을 쉽게 생각하는 사람들은
사랑해라는 말이 쉽게 나올지 몰라도
사랑을 많이 해 보지 못한 사람들은
사랑을 너무 어렵게 한 사람들은
그 사랑 때문에 죽을 만큼 힘들었던
그런 상처 깊은 사람들은 그 말을 쉽게
하지 못해
상처가 두렵고
누군가를 깊이 사랑하게 되는 게 두렵고
또 쉽게 감정을 주지 않기 때문에
그래서 더는 할 수 없는 말
입 밖으로 내기 힘든 말
사랑해
이 말은 절대 그 사람이 아니면 안 될 때
끝까지 책임질 수 있을 때
그리고 상대방의 마음도 같을 때에만
쓸 수 있는 거야
쉽게 하는 말이 절대 아니라구

그랬어야 했었다

그랬어야 했었다
이렇게 헤어져 희미해져 갈 걸 알았다면
더 많이 봐둘 걸
이제는 기억조차 멀어져 그때 네 모습은 자꾸만
자꾸만 시간 속으로 흐려져만 가고
그랬어야 했었다
이렇게 아프게 마음 한구석에 자리잡아 추억이
될 걸 알았다면 더 사랑한다고 말해줄 걸
여자는 쉽게 말해선 안 된다고 남자의 사랑에
조금쯤은 도도해야 한다고 바보처럼 그랬는데
이젠 그래야만 한다
이별한 사랑은 그 헤어짐의 모양과 이유를 떠나서
좋은 것으로만 남겨야 한다
슬픈 노래에 함께 공유했던 것들에 자꾸만
기억을 핑계로 마음을 힘들게 해선 안 된다는
아마도 나처럼 그렇게 마음을 다잡고 어디선가
행복하게 살아가고 있을 그 사람을 위해서도
이젠 그래야만 한다 지금의 날 사랑하는 거다

마음이 성장하는 중이죠

사랑이 무엇인지도 몰랐던 어렸을 때는
그냥 사랑받는 것만이 좋았죠
나는 받기만 하는 게 그게 여자가 하는
사랑이라고 믿었어요
그래서 제 멋대로 굴었어요
짜증도 많이 부리고 많이 상대를 지치게 하고
그리고 내 맘만 소중하게 생각했어요
난 사랑을 하면서 배웠어요
보고 싶단 말 좋아한단 말 사랑한단 말을
왜 쉽게 하지 못하는지
그 말을 쉽게 꺼내면 그게 너무 아무것도 아닌
것처럼 가볍게 될까 봐
허무하게 사라지고 무뎌질까 봐
그래서 못하게 돼요
미칠듯한 사랑도 해보고
죽을 만큼 아픈 이별도 겪어보면서 성장한다는 것
사랑은 예측 못한 순간에 갑자기 다가오고
그리고 전혀 생각지 못한 상대방에 빠져들고
늘 한결같을 수만도 없다는 것
지극한 노력으로도 힘들고 변할 수 있다는 것
하지만 그 사랑으로 인해 더 많이 자란다는 것

마음 안을 들여다봐 줘

마음이 나에게 말했어
난 많이 여리고 작고 나약하단다
난 가끔 너무 울적하고 눈물이 난단다
난 아주 깊은 관심을 받고 싶단다
난 진심어린 사랑에 흠뻑 빠지고 싶단다
그러니 많이 아끼고 아껴줘
그러니 자주 마음 안을 들여다보고 관심을 줘

친구란

친구란
그 가치가 다른 이들에겐 아무리 작고 나약하고
볼품없는 존재일지라도 서로가 아프고 힘들 땐
기댈 수 있는 최고로 듬직하고 포근한 언덕입니다

친구란
서로 아무리 오랜 시간을 떨어져서 연락이
없을 때에도 마음 속 저장함에서 한 순간도
변함없이 그대로 간직되어지는 동행자입니다

너에게 하고픈 이야기

난 언제나 마음으로 네게 내 사랑을 이야기하지만
너는 내 맘을 모르고 있어
내가 솔직하게 고백하지 못했으니까
벌써 오래 된 이야기인데 너는 알고 있을까
나는 한 번 마음을 주면 쉽게 변하지 않아
그래서 너에게 말할게
이미 오래 전부터 널 사랑해 왔어
나
죽을 때까지 평생 너만 사랑하겠다고 그 맹세는
못하겠지만 한 가지는 분명히 말할 수 있어
내 가슴엔 오직 너 한사람뿐이란 사실 말이야
너는 앞으로도 모를 것 같아
사랑 앞에선 참 둔하고 네 맘은 내게 없잖아
오래된 내 맘 하나 모르고 그냥 스쳐가는 너였어.
난 말야 혼자 하는 사랑엔 약해
노력하고 또 노력해서 너를 마음에서 비워내겠지만
지금은 안 돼서 밤마다 많이 앓을 것 같아
그리움에 보고픔에 생각남에
그래도 하나도 밉지 않은 내 소중한 사람이 너란 걸
혹시나 네가 안다면 오히려 더 부끄러워질지 몰라
너에게 난 원하는 게 없어

그냥 항상 지금처럼 너의 뒤에 있으면서 사랑할게
지워질 때까지
넌 몰라도 돼 넌 아니어도 돼
네 생각만으로 난 정말 행복하니까
볼 수만 있다는 그 사실로 세상을 다 얻은 것 같으니까

사랑해 사랑해 사랑해

안녕

언제쯤 우리가 이별한 건지
그 시간조차도 아직 난 모르겠지만
우리가 이별했다는 사실이 점점
더 사실로 가슴에 깊이 박혀
이렇게 또 한 번 앓는 걸 보면
가을이 온 거야
왠지 더 허전하고 마음이 아파지는
너를 닮아서 슬픈 가을
나는 이제 더는 너를 생각하긴
너무 아프고 싫은데
아직도 너를 생각하게 되는 건
너만큼 날 사랑해준 사람 없기에
너만큼 날 이해해준 사람 없기에
너만큼 날 아껴줬던 사람 없기에
내가 현실을 모르고
우리의 이별을 모르고
아직 너 있을까 봐 아직 내 곁에
있는 것만 같아서 이렇게 아파해
마음이 아파
내가 견딜 수 없을 만큼 아파
사랑이 없는 삶은 견디기 힘들어

난 사랑받고 싶은데
난 아직 사랑스럽고 싶은데
이젠 아닌 거니?
넌 어디에 있는 건지 네 마음은
어디에 있는 건지

이렇게 이별할 줄 모르고 사랑했던
너에게 마지막 인사를 할게
잘 가
GOOD-BYE
사랑했던 사람 나만 사랑했던 사람
안녕

널 잃어버리다

알면서도
알았으면서도
그래도 진짜 헤어질 거란 생각은 못했어
네가
나를 떠나는 일이 있으리라곤
언제나 곁에 있을 거라 했잖아
내가 변해도 내가 떠나도
못 잊을 거라 그랬잖아
그래서 믿었어
어쩌면 그래서 내가 함부로 그랬는지 몰라
나 한 번도 고백하지 못했어
좋아한다고
우리 아직 해야 할 일들이 많은데
이렇게 이별해 버리면
나 어떻게 견뎌야 하는 건지
단 한번만이라도 볼 수만 있다면
멀지 않은 곳에 있는데 볼 수도 없단 사실이
한번쯤 마주칠 수도 있는데 얼굴도 볼 수
없단 사실이
나를 이렇게 바보처럼 만들게 해
가만히 있어도 눈물이 나

갑자기 멍해져버려
심장이 너만 찾아
내 눈이 너만을 찾아
내 모든 게 너를 찾아
네 목소리 네 얼굴 네 모든 것
나 다 갖고 싶어 마음속에서

아직은 나 견디기 힘들어서 억지로 웃어
아니 문득 갑자기 눈물이 흘러
널 욕심 때문에 자존심 때문에
못난 이기심 때문에 잃어버렸어
널 다시 되돌려 찾고 싶은데

아직은

아직은 견디기 힘들어
갑자기 텅 비어 버린 가슴이
너를 찾아
나는 이렇게 맘 아픈데
너는 잘 지내고 있는 거니?
나는 이렇게 눈물 나는데
너는 밝게 지내고 있는 거니?
난 난 말야
우울해서 눈물이 자꾸 나
모든 게 하기 싫어졌단 말야
암 것도 의미가 없단 말야
네가 없으면 난 그래
어디선가 누군가와 미소 지을
너를 생각하면 그게 당연한
거라 생각하면서도 나와 함께
했던 순간만큼은 아니기를
나와 함께였을 때 네가 더 빛이 나고
행복하기를
내 욕심이 그래
미련만 남은 내 욕심이 그래
언젠가 미련마저 지워져 버리면

먼 그땐 이 순간을 그냥 추억으로
흘려버릴 테지만
나 아직은 너무 힘들어
아픈 가슴이 눈물만 흘려

그대가 그리워

내 마음에 하나둘 낙엽이 떨어지네요
그대가 남기고 간 가을은 이제 너무 쌀쌀하기만 하고
자꾸만 시리다고만 해요
순간 같았던 사랑이 지금도 내 맘에 가득한데도
기억은 차갑고 어둡기만 해요
아득하고 아련하기만 해요
아직도 그 따스한 사랑이 내 안에 가득한데두요
그대가 조금만 더 나를 지켜주기를
내 곁에 조금만 더 있어주기를
쉽게 떠나지 말아주기를 얼마나 바랐는지 아나요
난 그대 마음은 전혀 모르겠어요
떠난 이후로 그댄 너무 많이 변해버렸으니까요
먼 곳에 내 마음을 두고 온 기분이네요
멀리 어딘가에 소중한 것을 흘리고 온 어린아이 같네요
그대였다면 좋겠어요
지금 내 곁에
내가 우는 것도 모를 테잖아요
보고 싶고 눈물 흘리는 것도 모를 테잖아요
난 이렇게 맘 아픈데 그댄 너무 멀고 냉정해요
헤어짐은 나 때문이겠지만
그래도 냉정히 돌아선 그대가 미워질 때도

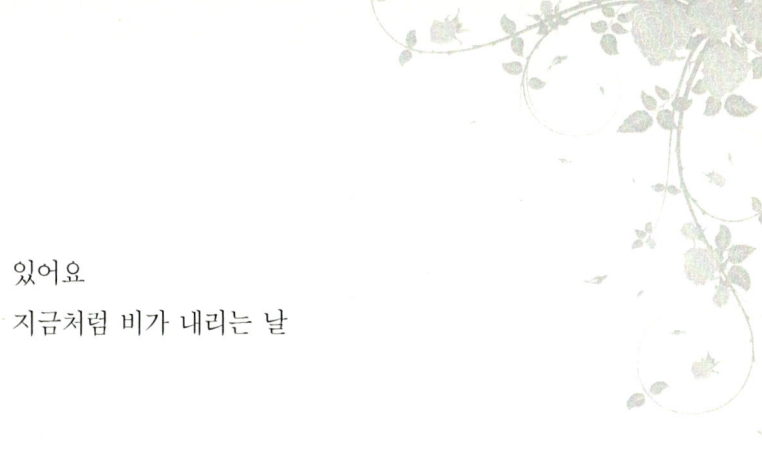

있어요
지금처럼 비가 내리는 날

다시 내게로

비가 내리지 않았으면 좋겠어요
비가 내리면 그대가 더 생각나요
그리고 눈물이 비처럼 흐르네요

밤이 오지 않았으면 좋겠어요
밤이 되면 잠이 오질 않아요
그리고 오로지 그대 생각만 나요

그대와 함께 했던 것들은 기억
나지 않길 바라고
그대와 함께 했던 추억은 지워
지길 바라게 돼요

생각나면 눈물이 나고
가슴만 자꾸 아파오고
더 생각나게 만들어서요

그 모든 기억도 추억도 모두
깨끗이 지워져야만 나 비로소
웃을 수 있을 것 같아요

아님 그대가 다시 내게로 왔음
좋겠어요 다시 내게로요

나무와 잎새 기다림

메마른 가지의 어린 손을 꼭 붙들고
마지막까지 힘겹게 마주잡은 손
놓지 않으려 애쓰는 가을 잎사귀
매서운 바람에 마지막까지 안간힘을
써 보지만 지켜주지 못한 고독한
나무의 아쉬운 아픔 마음
힘없이 스르르 밑으로 가라앉아
버리는 잎새의 처절한 몸짓
봄으로 태어나 여름으로 성장하고
가을빛으로 환하게 타오르더니
어느새 겨울의 냉혹한 현실에
점점 그 빛을 잃어가는 나무
늘 함께였던 잎새와의 헤어짐의
시간은 그들의 앞에 서 있고
세상을 홀로 외롭게 견뎌야 한다
그러나 그에게 겨울은 기다림의
순간이며 또한 재회를 위한 약속
다시 그 푸른 잎새를 품어내기 위한
찰나의 순간일 뿐이다
다시금 맞이할 영원한 하나의
사랑의 맹세고 소망인 것이다

나이는 숫자에 불과해

눈물이 많은 건 나이와는 상관없다
마음이 어린 건 나이와는 상관없다
잘 삐치는 건 나이와는 상관없다
헤어짐에 익숙하지 못한 건 나이와는 상관없다
드라마의 애잔한 키스신에 가슴 두근거림도 나이와는
상관없다
내일에 대한 부푼 희망과 가슴 떨림도 나이와는 상관없다
나이는 숫자에 불과하다
나이는 단지 인간이 만든 숫자에 불과할 뿐이다

나의 꿈아

종이비행기에 꿈을 담아
하늘로 띄운다
멀리 멀리 날아다오 나의 꿈아

멈추지 말고 계속
가보는 거야

나에게도

함께 음악을 듣고 싶은 사람이 있었으면
나란히 한쪽씩 이어폰을 꽂고 다정히 앉아서
내가 혼자라 느껴질 때 누군가 있었으면
가만히 어깨에 기대어 포근함 느낄 수 있는
두 사랑이 어긋나지도 않고 앞서거나 뒤처지지
않고 그렇게 한걸음 한걸음 느린 걸음이 맞는
그런 사람이 있었으면 좋겠어
내가 듣는 음악 속에 내 마음 그대로 전하고
내 뛰는 가슴을 느낄 수 있도록 내 옆에 있을
변하지도 않고 외롭게 하지 않을 그런 사람
그런 사람이 그립고
그런 사랑이 고픈 나의 생각 나의 소망
외로움에 익숙해지지 않아서 너무 외롭고
가슴 시린 사랑을 알아서 자꾸만 찾게 되고
시간이 흘러도 자꾸만 진짜 사랑이 무엇인지
몰라 그 사랑이란 걸 애타게 찾는 내 모습에
지치고 상처 나도 그래도 그런 사랑이 있었으면
정말 그런 사랑이 나에게 있었으면 좋겠어

가을빛

가을빛 너무 눈부셔
고갤 숙이니
어느 샌가 눈물방울
똑똑
마음 문을 두드려

순수를 꿈꾸다

많이 넘어지고
많이 아파하고
많이 상처받고
많이 울어보고
많이 실망하고
그리고 다시 일어서는 법을
배우고 싶어요
절망이 끝이 아니라
희망이 비로소 우리의 길임을
난 믿으니까요

느림

느려터져서 곰탱이 같다는 소리를 들어도 좋다
나는 천천히의 그 단어를 좋아한다
세상의 걸음걸이에 비해 조금 늦게 걸으면 주변의
경치도 사람들 사는 삶도 더 자세히 볼 수가 있다

너무 울면 그 눈물의 값어치가 떨어진다고 해도 좋다
나는 눈물이라는 그 단어를 좋아한다
다른 사람들에 비해 눈물이 좀 많은 건 사실이지만
감정을 솔직히 표현한다는 건 사실적이니까

나는 나를 사랑하고 싶다
어느 땐 너무 나약하지만 나약함 속에는 강함도 있는
거다
나는 나를 좋아하고 싶다
어느 땐 너무 손해 보고 살지만 그래도 진짜 손해 보는
게 아니라
생각하면 마음이 가벼워진다

조금 더디고 느리고
그래서 답답하다고 말하는 사람들에게
결국엔 우리가 똑같은 곳에 다다를 것이며

조금 늦는다고 실패했다거나 좌절한 것은 아니라고 말
하고 싶다

행복은 마음먹은 곳에 있다
조금 느린 사람에게도 더 앞서 가는 사람에게도
그 마음 안에 사는 것이다

사랑보다 깊은 우정이야

연인이나 남녀 간의 사랑은 시간이 지날수록 처음 같지
않고
또 그 빛을 잃어버리기 쉽고 뜻하지 않게 잃어버리기 쉽
다는 것
그것은 여린 가슴에 커다란 상처가 되어 아픈 가시가
되기도 하고

우리들은 시간이 지나 어른이 될수록 사랑의 모순에 아
파진다
이 세상 그 무엇보다 소중했던 그 사이가 한낱 아무것
도 아니고
그리고 몰랐던 시간보다 더 어색하고 멀어지는 사이가
된다는 것

사랑을 하기가 사랑을 믿기가 너무나 힘들다는 것을 알
았다

남자는 너무나 현실적이기에 사랑을 잊어버리기 쉽고
여자는 너무나 감상적이기에 사랑을 잃어버리기 쉽다

다시는 사랑이란 감정에 모든 걸 던질 만큼 순수하지
못한 나에게
서른이 넘어 다시는 아무 것도 기대하지 않던 바보 같
은 나에게
주님이 주신 보석보다 값진 선물
사랑보다 영원하고 깊을 우정

그런 우정을 만들어 줄 소중한 벗들을 주셨어

그대여야 나

그대에게 내가 안겼을 때 뒤돌아 볼 생각을
하지 못하였기에 이별 뒤 이렇게 큰
아픔 속에서 나는 오랜 시간을 아파하며
혼자서 깊은 그리움과 기다림에 울어야
했습니다
다시 만난 그대만이 진정 나의 인연이라며
지금의 내 모든 걸 그대를 위해 걸어 볼 수
있으리라 생각도 했습니다

그러나 사랑도 어찌하지 못하는 이 현실 앞에서
우린 이렇게 물러서는 법을 너무나 늦게 배워야
했고 추억으로 간신히 버티는 법까지 한꺼번에
배워야 하는 벅찬 가슴 시림에 살아가야만
하게 되었습니다
나는 도대체 내게 전부인 그대에게 어떤 존재인 건지
아직도 잘 모르겠습니다 다만 그대는
아직도 나의 전부입니다

하늘이 너무 푸르고 맑아서 눈이 시리는 날들에
나는 그대를 바라봅니다
지금은 안 되겠기에 어쩔 수 없이 이렇게 보내지만

나의 그대를 그냥 보내는 게 아니랍니다
기다린단 말 허락해 주세요
내가 있어야 할 곳은 그대의 품이니까요
내가 살아서 행복할 곳도 그대 한 사람 뿐이니까요
그대 이름 뒤에 자연스럽게 연결되어지는 인연이
바로 저이길 소망합니다

그댈 위해 설레고 수줍은 제 여린 사랑은 언제나
그대 몫으로 곱게 담아서 가슴속에 간직할게요

그대여야만 나 행복하단 사실을 알고 있습니다

첫눈 같은

첫눈처럼 만나기 전엔 몹시 날 설레게 하는 사람이 있습니다

그 사람

늘 밝고 장난스런 미소를 짓는 사람이지만 내 앞에서만큼은

수줍은 미소도 짓고 장난꾸러기 어린아이 같은 사람입니다

아니라고 자신은 마음이 너그럽다고 말하지만

그 사람

마음이 너무 여리고 눈물도 많은 그런 다정한 사람입니다

우리는 만나기 전에도

그리고 만나지 않았어도

늘 설렘과 그리움으로 서로를 가슴에 간직하고 살았습니다

내게 늘 처음처럼 사랑스러운 그 사람을 난 이토록

기다린답니다

오랜 시간이 걸려도 기다린답니다

내게 마지막인 사람이거든요

그 사람

한 순간도 내게서 떠나지 않는 유일한 한사람입니다

손을 잡고 싶어요

어렵게 잡은 당신의 손이기에
그리고 힘겹게 잡은 내 손이기에
우린 맞잡은 두 손을 절대로 놓을 수가
없었답니다

아무리 서로를 보내도
떠나지 못하는 건 몸이 아니라
서로에게 두고 온 우리 두 마음이기 때문에
머릿속 기억이 아닌 가슴 속 사랑이기에

난 정말로 그대를 보낼 수 없었답니다
내 그대도 그래서 날 잊지 못하겠죠?
그럴 테죠?
떨어져 있는 건 그냥 몸일 뿐이라고
마음은 함께라고
그렇게 서로 위로하기로 해요

서로 사랑하면 절대로 헤어짐이 아니라는 말
나는 믿을게요
그리고 영원히 기다릴게요

함께

세상의 길고 먼 길에 선 우리 두 사람
이제껏 서로 다른 곳만을 바라보았죠
그런데 혼자 걸어가는 길은 더 힘드네요
그대가 함께였으면 좋겠어요
나와 함께 손을 잡고 끝까지 함께 해줘요

작고 나약한 내게 그대 든든한 손 꼭 잡아주세요
서로의 사랑 변치 말고 늘 그 모습 그대로요

그대도 날

하늘의 해님과 땅위의 나무와 꽃들도
그리고 세상 위 수많은 사람들 평화롭게
잠든 시간에 나는 그대를 그리워합니다
아무도 모르게
그 누구도 알지 못하게
그대를 그리며 그리고 바라보며
이렇게 마음으로만 그리워합니다
그대는 잠시도 내게서 떠나지 않는 사람
오래전처럼 여전히 설레고 보고픈 사람
그대와 함께 한 추억만으론 너무 가슴 아프지만
마지막에 나와 함께 행복할 거란 기다림으로
이 밤도 꿈속의 그대를 그리며 잠이 들게요

아 그대는 어째서 내게서 한순간도 떠나질 않나요?
눈에서 멀어지면 마음도 멀어지는 거 아닌가요?
그런데도 내 마음은 아직 온통 그대뿐이네요
아니 영원히 그럴 거란 걸 잊지 말아 주세요
그대여야만 행복한 내 맘이 그러니까요
꼭 내 부탁 들어 주세요
나보다 먼저 세상을 떠나는 일이 있어선 안 돼요
나보다 더 오래 살아서 꼭 내 곁을 지켜주세요

오랫동안 기다린 나 따스히 안아 주세요
마지막은 꼭 나여야 해요
사랑해요 나의 그대만을

그대도 날 그리워함을 나는 느낄 수 있어요

그런 것 같아

정말 정말로 그런 거 같아요
사랑해야지 하고 사랑하는 사람은
세상에 아무도 없잖아요

그 사람 어느 샌가 허락도 없이
그리고 서로 약속하지도 않았는데
어느새 사랑으로 서 있더라구요

그 많은 사람들 중에서 한 사람만
유난히 빛나고 아름답게 보이더라구요
그래서 정말 소중하게 지키고 싶어요

영원히 이 사랑을 간직하고 싶어요
할 수만 있다면 작은 상처도 주지 않고
늘 행복한 미소 지을 수 있도록요

좋은 벗에게

내가 가진 것이 없어도
그래도 행복한 건
그대라는 좋은 벗이 함께
하는 까닭입니다
무시로 다른 이들은 나의 곁을
떠나도 그대만은 항상 함께
할 것을 알기에 저절로
미소 지어집니다
고맙습니다
그대를 만나게 해 주신 주님과
그대의 고운 마음
내가 그대에게 더 좋은 벗이
되도록 언제까지나
제게도 꼬옥 기회를 주세요

사랑의 방법

그대를 사랑하는 제 방법은
묵묵히 날마다 기도드리는 것입니다
난 잘하는 것도 없고
별로 가진 것도 없기에
그대 위해 해줄 수 있는 건 별로 없지만
가장 그대를 위할 수 있는 일
바로 그대 위한 진심어린 기도입니다

그대에게 온갖 달콤한 선물보다는
평생 그대를 살게 할 따스한 미소를 주고
언제나 그대 뒤에서 지켜주며
말없이 끝 날까지 조용히 바라봐 주고
그대 마음 평온할 수 있도록
따스한 사랑을 날마다 전하겠습니다
그리고
그대 가슴 충분히 적실 정도의 너무 넘치지도
않을 양만큼의 적당한 사랑만 드리겠습니다

내가

내가 그대에게 소중한 꿈이라면
그 꿈에서 깨어나지 않도록 더 달콤한 꿈이 될게요

내가 그대에게 마약 같은 존재라면
그 마약만큼은 절대로 끊지 않도록 그대 위해 살게요

내가 그대에게 사랑의 발라드라면
그대가 평생을 사랑으로 웃을 수 있게 더 사랑할게요

내가 그대에게 한 모금의 약수와 같다면
평생을 나로 인해 갈증을 해소할 수 있게 노력할게요

내가 그대에게 한 권의 책과 같다면
그대의 마음을 촉촉이 적시는 그런 책이 되어 줄게요

사랑이었니?

사랑이었니?
내가 느낀 그만큼 너에게도
사랑이었니?

내겐 아직도
말하지 못했지만 변함없이
너 하나뿐이야

나 아무래도
너를 마음에서 놓을 순 없을 거 같아
영원히

서로 지치는 일 없어서

너와 나 비록 성격은 많이 다를지라도
너와 나 비록 그동안의 세월에 많이 변했을지라도
너와 나 비록 엇갈린 운명의 장난으로 헤어졌을지라도
그럼에도 한 번도 잊혀지지 않는 단 한 사람
나를 이렇게 많이 변화시킨 내 평생의 단 한 사람
너를 사랑한 후에 수많은 걸 알게 되었어
처음으로 사랑의 상처를 알았고
처음으로 사랑의 아픔을 알았고
처음으로 다른 이에게 또 다른 상처들을 주었고
그렇지만 그럼에도 사랑은 거짓말을 할 수 없게 만든
다는
평범한 사실조차도 이제서야 깨닫게 해 주었어
그렇게도 운명처럼 너를 사랑한 건 어쩜 내 머릿속의 일
들이
아니라 가슴속의 모든 게 알아서 한 것이라는 평범한
진리까지
도 알게 되었어
그럼으로 인해 난 잃은 것보다 얻은 게 훨씬 많다는 걸
알게
되었어
사랑해

영원히 마음으로 사랑할 수 있으니 서로 지치는 일 없
어서
영원히 마음으로 간직할 수 있으니 서로 상처 주는 일
없어서
다행이야
네게 언제나 소중한 기억으로 남고 싶은 나거든
네가 내게 영원토록 그런 존재이듯이

내 사랑이 견디면

내 사랑을 볼 수 없음이 힘든 게 아니라
내 사랑이 아파할 것을 알면서도 이렇게
아무런 도움이 돼주지 못하고 그저 아파
해야만 한다는 사실이 더더욱 내 가슴을
미어지게 하네요

내 사랑의 목소리를 들을 수 없음이
아쉬운 게 아니라 내 사랑의 가슴속 아픔을
느끼면서도 위로의 말조차 할 수 없다는 게
이렇게 내 가슴에 말할 수 없는 극한 고통을
주네요

나는 어떻게든 살아가려고 발버둥칩니다
이미 의미를 잃어버린 사람처럼 그렇게
변해 버렸으니까요
하지만 내 사랑마저 그 가슴이 힘들고 지쳐
병이 나면 어떻게 해야 하나요?

그 사람만 행복하다면 내가 살아보겠는데
너무 힘들어 주저앉은 나지만 그래도 견디고
살겠는데 마음 여린 내 사랑이 어떻게

견디고 있을지 그 걱정 때문에 나는 날마다
가슴이 미어집니다

이렇듯 사랑은 원치 않는 상처들을 수없이
만들고 마는군요 내 사람이 상처 받지 않길
나는 애타게 바랍니다내 사람은 너무나 착한
사람이라 너무나 어린 사람이라 날마다
걱정이 됩니다 걱정이

모순

그대 행복하라 말하였습니다 그것이 바로 나의 행복이
라고
그렇게 그대를 떠나 보냈습니다 그런데 그런 그 말은 제
속의
말이 아니었습니다 그대 나 떠나 정말로 행복해지면 그
땐 내가
그댈 원망할 것이 분명하기에
나와 있으면 제일 행복하다던 그대가 나 아닌 곳에서
행복하다면
그대의 말들은 모든 게 거짓말이 되니까요
그리고 그대 곁에 나 있어 살아갈 희망이 있다던 그 말
들마저도
거짓이 되어 버리는 거니까요
그대 눈물 보기 싫어 울지 말라 해놓고 그렇게 돌아오
지 못하도록
만들어놓고 그대 다시 돌아와 주길 바라는 나의 마음을
나도 정말 모르겠어요
그대 있어 정말 꿈만 같던 하루하루가 그대 없이 너무
힘들고 벅차
가슴이 터질 거 같은데 그대 행복하기만 하다면 어쩌면
그댈 정말

원망할지도 모르겠어요

나는 그대 행복을 위해 기도해야 하는 건가요?

아니면 그대 불행해져 나를 잊지 않도록 해야 하는 건

가요?

나의 마음 나도 몰라 오늘도 가슴앓이 하며 잠이 들겠죠

그대 내 꿈에 혹시라도 찾아온다면 말해 주세요

그대 지금 진정 행복한지를 불행하다면 더 이상 불행

속에서는

살지 말라고 내가 그대 위해 영원토록 기다리고 있다고

말하고

싶어요

그런 말 할 수 있는 건 비록 꿈속에서만일 테지만요

별 하나가 빛나고 있습니다

저 멀리 높고 아주 커다란 우주에서

홀로 뜬 그 별은 제 스스로 빛을 내며

세상을 아름답게 비추지만 왠지 외롭고

쓸쓸해 보여 가슴이 너무 아파옵니다

별

별 하나가 빛나고 있습니다
손 닿을 수 없는 멀고도 먼 하늘에서
그런데도 제게는 너무나 찬란하고도
사랑스런 빛으로 환히 저를 비추고 또
따스히 감싸안아주고 있네요

그 별 하나를 가슴에 담았습니다
소중하게 가슴에 깊이 담았습니다
그리곤 정말 그 별빛을 보고 싶을 때마다
혼자 그려보려 합니다 만질 수도 볼 수도
없는 별이지만 살포시 가슴에 담았습니다

정말로 소중한 별 하나를 가슴에 담았습니다

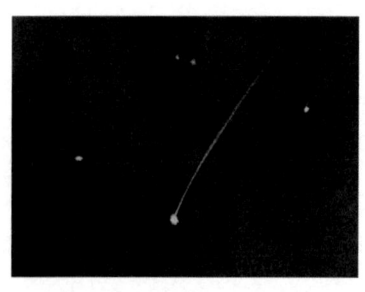

96

사랑합니다

사랑합니다
나를 사랑해주는 당신을 사랑합니다.
나를 생각해주는 당신의 마음을 사랑합니다
나를 위해주고 나와 있는 시간을 아깝게 생각해주는
당신의 그 마음을 사랑합니다
나와 평생 함께 하고픈 평생 사랑하고픈
당신의 그 의지를 사랑합니다.
나의 모든 것을 챙겨주고 때론 욕심내주는
당신의 모습을 사랑합니다.
때론 울고 때론 힘들어하고 때론 아파해도
나로 인해 기운난다는 그 말 한마디를 사랑합니다
사랑합니다
당신을 사랑하는 나를 사랑합니다
당신을 하루 종일 생각하는 내 마음을 사랑합니다.
당신을 하루만 못 봐도 애타하는 내 느낌을 사랑합니다.
당신이 있어 행복하고 즐겁다는
당신을 향한 내 그리움을 사랑합니다.
당신의 모습을 보고 있으면 뜨거워지고 콩닥대는
내 가슴을 사랑합니다.
당신을 사랑하는 것을 자랑스럽게 생각하는
나를 사랑합니다

때론 질투하고 때론 시기하고 때론 울기도하지만

그게 다 사랑하기 때문이란 걸 아는 내 자신도 사랑합

니다.

당신과 함께여서 당신이 내 맘에 있어서

오늘도 난 내 모든 것들을 사랑합니다

약속해

우린 서로에게 참 좋은 친구이기도 해
서로를 편하게 배려하고 이해하고 아끼고
그 누구보다도 더 서로를 잘 아는 친구이기도 해
앞으로도 평생을 우리 좋은 친구 하자 그러자
우린 서로에게 참 사랑스런 애인이기도 해
항상 서로 즐겁게 해 주려 노력하고 설레고
그 어떤 연인보다도 더 서로를 정말로 사랑하고
앞으로도 우린 평생을 그런 연인으로 살아가자 그러자
우린 영원히 함께 할 부부이기도 해
사랑과 정과 이해와 배려와 격려와 정말 닮았다는 거
그 어떤 부부보다도 더 닮고 서로에게 필요하다는 거
앞으로도 우린 평생을 그렇게 사랑하는 부부로 살아가
자 그러자
변치 않는 애정은 없지만 변치 않는 열정은 있는 법
변치 않는 설렘은 없지만 변치 않는 이해와 배려는 있
는 법
변치 않는 세월은 없지만 변치 않는 사람은 있는 법
우린 그렇게 세월을 이기고 세상을 이기고 평생지기가
되자
꼭 그러자

보석처럼

놓칠 수 없는 그리움
나는 그때 우연히 만난 그의
순수한 눈빛을 잊을 수 없고
사랑할 수밖에 없었다
사랑 그 이상 무언가가 절실한
내게 그가 보석처럼 담겼다

사랑의 정의

이젠 알 것만 같다
사랑이란 걸
정답은 알 수 없지만
설명할 수 없는 복잡한 느낌들을 가진 것
지독한 외로움,
질투,
그리움,
기다림

가끔은 흔들리는 이성

사랑이란

사랑이란
잔잔한 물결에 여린 꽃잎 하나가 입 맞추듯 살짝이
내려앉아 그렇게 잔잔한 떨림으로 다가와서는
오래도록 행복 주는 거예요

봄을 맞이한 수줍은 소녀처럼 예쁜 설렘도 간직하게
되는 거구요
영원히 순수를 잃지 않고 싶은 바람처럼 그렇게
가슴 안에서 살아주기를 바라는 희망이구요

그 사람이 행복하다면

사람이 누군가를 진심으로 사랑하게 되면
그땐 그 사람 말고는 아무것도 안 보이게 됨을
이별 후에도 오래도록 알 수가 있답니다
나 많이 아프고 힘들어 몹시 야위어 가고
또 많이 울고 지쳐서 아무것도 하고 싶지가
않아지지만 그럼에도 그 사람 행복하다면
그렇담 나 하나쯤 조금 아무럼 어때 하는 생각
정말 소중하니까
정말 사랑하니까
그 사람의 소중한 행복은 꼭 지켜주고 싶다는 맘
단 한 번도 잊혀지지 않고
단 한 번도 미워지지 않는
그런 사람이기에 나는 많이 아파져도 그 사람만큼은
영원히 아프지 않고 행복하길 진정으로 기도한답니다
그래도 잠시라도 사랑받을 수 있었던 건 내 생애 최고의
행복한 순간이었고 영원함이기에
나의 가슴속에 영원히 있어도 슬퍼지지 않는 사랑으로
지켜주고픈 맘
다른 사람들이 아무리 어리석다 할지라도
다른 사람들이 아무리 믿지 말라고 할지라도
그 사람이 행복해 진다면 난 아무럼 어때요

목숨조차 아깝지 않은 걸요 그래도 사랑하는 맘뿐인
걸요
언제 어디서든 행복할거라 믿고 있어요
내가 행복하도록 지켜주고 기도할 거니까요

어서 봄이 왔으면

어서 봄이 왔으면 좋겠다
겨우내 움츠리던 몸과 마음 활짝 펴고
꿈이라는 작은 씨앗 뜰 안에 심어두게
그리고 그 꿈이 곱게 자라나면 소중한
내 사람들에게 나눠주면 좋겠다

어서 봄이 왔으면 좋겠다
겨우내 메말랐던 몸과 마음 고이 펴고
사랑이라는 아름다운 열매를 맺어서
그 푸르고 고운 느낌이 순수하고 소중한
내 사람들에게 행복이 되면 좋겠다

그대가 좋아서

그대의 모습 모든 게 하나하나 다 좋기만 해서
내겐 웃을 때도 삐질 때도 늘 멋있기만 한 그대
그래서 늘 함께 하는 꿈만을 간직하고 있답니다

바라보고 마주 보면 마냥 설레고 미소 짓게 되는 사람
딱 꼬집어 뭐가 그리 잘난 건지 모르겠는데
신기하게도 내겐 정말 완벽해 보이기만 하는 그대

욕심나게 갖고 싶고 눈물 나게 그립기만 하고
그런 그대
내겐 그렇게 소중하고 사랑스럽기만 한 그대랍니다

그대 마음에

그대 마음에 담기었음 합니다
그대 마음에 꽃이었음 합니다
그대 마음에 미소였음 합니다
그대 마음에 꿈이었음 합니다
그대 마음에 영원했음 합니다

그대에게 내 마음을 다 준 것처럼
그대 마음 하나 내가 가졌음 합니다

내가

내가 너무 부족한 사람이지만
내가 감히 그댈 사랑해도 될까요?

그래도 된다면
그래도 된다고 하면

나 그댈 사랑할래요
나 오랫동안 그대만 사랑할래요

한 사람

내 눈물을 닦아주던 한 사람
내 머리를 쓰다듬어 주던 한 사람
내 슬픔을 감싸 안아주던 한 사람
내 사랑을 끝없이 지켜주려던 한 사람
내 영혼을 맑게 비춰주던 한 사람
내가 아프면 나보다 더 아파하던 사람이었는데
내가 울면 어쩔 줄 몰라 하던 어린 사람이었는데
날 위해 무얼 해줄 수 있을까 늘 고민하던 사람이었는데
만나면 어떻게 날 웃게 해줄까 행복하게 해줄까
우리 어떤 모습으로 행복하게 늙어갈 수 있을까
날마다 그런 꿈을 키워 나가던 사람이었는데
정말 정말로

한 사람 영원히 사랑만 하고 싶었던 소중했던 한 사람

우정 그림

그냥 부는 바람이 아니라 그대에게는
희망을 전하는 바람이길 소망합니다.
그냥 내리는 비가 아니라 그대에게는
축복을 뿌리는 비이기를 소망합니다.

그냥 스치는 벗이 아니라 그대에게 난
마음을 따스히 감싸며 항상 기쁨으로
영원히 간직되는 벗이기를 소망합니다.
그런 벗이 되고 싶습니다. 언제까지나

봄비에

봄비에 수많은 생명들이 활짝 열리고 태어나듯이
나도 이 봄비에 몸과 마음이 촉촉이 적셔지기를
그래서 사랑도 희망도 행복도 함께 피어나기를

봄비에 수많은 생명들이 사랑하고 함께 이듯이
나도 이 봄비에 닫힌 사랑의 마음 활짝 열고서
그리곤 사랑만 가득한 마음으로 모든 것 감싸 안기를

봄비에 지저분하고 상한 모든 것은 떨쳐 버리고선

그 바다 앞에 서서

여름이 가려는 길목 어귀에 서서
나는 지나간 여름에 느꼈던 바다의 사랑을
가슴에 살포시 담습니다
수없이 스쳐 지나간 의미 없는 사랑에만
익숙했던 나에게 진정한 사랑을 주었던 바다
다시 찾아 올 수 있을는지
다시 사랑 안에 살 수 있을는지
그 순수한 때처럼 내가 앞으론 계산 없이 사랑할
자신도 없어집니다
이젠 돌아갈 곳마저 없어진 것처럼

허전한 나날이지만 사랑은 깊은 데서
파도처럼 거세게 나를 감싸고 있습니다
아니 파도 안에 온몸이 휘감기듯 아직도
온통 취해 있습니다
바다의 사랑 안에서 헤엄쳐 나올 수가 없습니다
나는 그 바다를 사랑하기 때문에
매일 그 바다를 떠올립니다
그리고 그 넓고 푸르른 품에 안기어 서 있습니다
한없이 영원할 것 같은 바다 앞에 서 있습니다

드라마처럼

그대가 나에게 원하는 건 단지 따스한 한마디와
또 관심어린 다정한 눈빛이라고 말했죠?
그게 왜 그리 어려웠을까요?
뭐가 그리 힘들다고 제대로 한 번 해주지 못했을까요?
매정한 나를 두고 많이 괴로워하고 쓸쓸해 한 사람
그래도 한결같은 마음으로 사랑을 지켜주는 한 사람
세상은 다 똑같다고 남자는 다 비겁하다고
진정한 사랑을 하는 남자는 거의 없다고
나는 그대에게 화풀이를 하고 괜한 트집을 잡곤 했죠
그대가 돌아서서 흘린 눈물
나를 힘들게 해서 그렇다고 자신이 미안하다고 자책하며
괴로워하던 그 표정들
세상이 변덕스럽고 냉정하면 어떤가요?
그래도 내가 따스히 언제든 기댈 그대가 있는 걸요
나의 잘못보다 오히려 자신이 못나 그렇다고 미안해하는
마음이 너무나 곱고 진실한 그대가 있는 걸요
사람들은 말을 하죠
어쩔 수 없는 현실 때문이라고
미안하지만 세상이 그렇게 만들었노라고
비겁한 변명들을 해대죠
자신이 없으면서 끝까지 진심을 지켜가지 못할 거면서

아픔으로 닫아 두었던 내 마음을 이제는 열어 볼게요
그대에게 늘 소녀 같은 매력적인 여자가 될게요
아직도 날 처음처럼 봐 주어서 고마워요
드라마처럼 우리 그렇게 해피엔딩을 만들어 가요
함께 예쁘게 사랑 가꾸고 고이 간직하면서 살아요

사랑이 맞니?

혹시 그 사람 앞에만 서면 목소리가 커지는 게 사랑이
맞니?
혹시 그 사람 앞에만 서면 연약해 보이고 싶은 게 사랑
이 맞니?
혹시 그 사람에게 잘 보이고 싶어서 거울을 자주 보는
게 사랑이 맞니?
혹시 그 사람에게 예뻐 보이려 나를 꾸미는 게 사랑이
맞니?
혹시 그 사람이 어디 사는지 뭘 하는지 궁금해지는 게
사랑이 맞니?
혹시 그 사람이 어떤 여자를 좋아하는지 알고 싶은 게
사랑이 맞니?
혹시 그 사람의 마음을 떠보려고 다른 여잘 소개시켜
준다고 마음에
없는 말을 자꾸 하는 게 사랑이 맞니?
혹시 그 사람이 내게 관심조차 없을까 봐 좋아하는 거
티 안 나게
하려는 게 사랑이 맞니?
혹시 그 사람이 질투하게 만들려고 다른 사람이랑 친하
게 보이는 척
하는 게 사랑이 맞니?

사랑이 맞다면 그때는 어떻게 해야 하는 거니
난 솔직히 내 작은 마음 고백하고 싶은데 그리고 고백
받고 싶은데

바라만 봐도 행복해 하는 나는

난 그대가 항상 밝고 천진난만한 사람이기만 한 줄 알
았죠
그런데 그대의 여리고 감수성이 풍부한 모습에 맘 아렸
어요
그대의 눈은 왠지 슬퍼 보이네요 웃고는 있는데 왜 아픈
가요?
그대가 아픈 건 견딜 수 없어요 그대 뒤에 지켜보는 내
맘이
더 아프니까요 날마다 그댈 생각하며 잠을 설치는 날
아나요?
모르겠죠? 그댄 다른 곳을 보니까요 그대가 몰랐으면
해요
난 아파도 울어도 괜찮지만 그대는 그럼 안 되니까요
난 너무 바보인 것 같아요 그대 생각만으로 떨리고 설레
서 암 것도
못하는 다른 사람을 사랑하는 그댈 바라만 봐도 행복
해 하는 나는

그대가 내 맘 몰라도

그대가 내 맘 몰라도
나를 미워해도
난 그대가 이 세상에 있는 것만으로 행복해요
그대는
그냥 거기 그곳에만 있다고 해도
내가 닿을 수 없는 사람일지라도
나를 살아갈 수 있게 하는 유일한 사람이니까요

잘 모르겠어요
그대의 마음도
그대라는 사람도
그래서 더 가까이 다가가고 싶지만
혹시라도 사라질까 봐
난 여기 멈춰 서 바라볼게요
그거면 될 거 같아요

충분해요 그대가 있다는 그 자체로도 난요

이름 모를 한 마리 새

푸르른 강 높은 하늘 위를 홀로 나는
이름 모를 한 마리 새여
네가 하늘가에 가까우니 내 애길
꼭 전해다오
떠난 임이 하늘 위에서 행복한지를
그리고 나를 기억한다면 잊지 말아 달라고
나는 아무것도 알 수가 없고
한 치 앞도 볼 수가 없으니
이름 모를 한 마리 새여
네가 꼭 님에게 전해다오
내 사랑이 그 하늘 그리운 님에게 닿는지를
부디 전해다오

안녕

떠난 거니? 정말 너 떠난 거니?
왜 그리 갑자기 가서 마지막 인사를 할 기회조차도
마음의 준비를 할 시간조차도 주지 않은 거니?
왜 그리 매정한 거니?
내가 미워서 내 가슴에 이렇게 깊은 상처를 준거니?
난 아직도 믿어지지가 않는데 믿을 수도 없는데
앞으로 오랜 시간 흐르면 그때는 너 없는 긴 시간에
익숙해지고 허전함도 느끼겠구나
그리움마저도 알게 되겠구나
그래도 고마워
나 사랑해주고 떠나서 기다려 주고 떠나서
안녕 영원히 못 잊을 벗이여
이젠 안녕이구나 정말 안녕이구나
안녕
안녕
안녕

못 잊어서도 안녕
잊어야 하기에도 안녕

송인

사람을 보내는 일에는 절대로 익숙해지지가 않는가 보다.
아니 믿을 수도 없는 이 미어지는 아픔을 어쩔 수가
없는데
너는 그렇게 떠났다.
가겠다고 너는 말하지도 않았고
잘 가라고 나는 말하지도 못했다
그런데 우린 이제는 만나지 못하는 게 현실이 되었다
한 순간에 너는 나와는 다신 마주설 수 없는 곳으로 떠
나버렸다
고개를 아무리 돌려도 너는 이제 찾을 수 없는 곳으로
떠나버렸다
그렇게 갈 거였으면 내게 정을 주지나 말 것이지
그렇게 허무한 삶을 살 거라면 넌 왜 세상에 태어난 건지
너무나 짧아서 아프다
네 생이 너무 안타까워서 나는 또 아프고 너무나도 아
프다
너는 그렇게 갈 거였으면 내게 약속이나 하지 말 것이지
그렇게 널 가슴 깊이 간직해서 뼈저리게 아프게 하지나
말 것이지
난 정말이지 너를 마음으론 아직 보낼 수 없지만 보내야
한다고

수없이 혼자 되뇌인다

이것이 마지막 이라면

정말 마지막이라면 이젠 정말로 널 보내야겠다.

잘 가

난 잠시만 울고 잠시만 슬프고 너를 그냥 추억으로 묻으

려다.

그리고

언제일지 모르지만 먼 훗날 네가 떠난 행복만 가득한

그 곳에서

꼭 만나자

그동안에 절대로 나를 잊지 말기를

부탁한다

떠난 벗에게

널 이젠 지우려 잠시 접으려 했지만
왜 모든 게 너의 흔적들뿐이니
네가 잠을 자던 방에는 아직도 온기가
남아 있고
네 웃음소리와 속삭이는 소리가 아직
메아리쳐 남아 있고
너랑 같이 밥을 먹던 숟가락이며
너랑 같이 샤워를 하던 수건이며
너랑 같이 갔던 놀이동산이며
온통 네가 함께 한 추억들이 자꾸만 따라다니네
너는 다시 이곳에 올 수도 없는데
나는 기약 없는 아픔과 그리움에 널 추억하는구나
이제는 잠시 잊고 싶은데
슬픔은 지우고 싶은데
나는 아직은 안 되지만 이젠 서서히 널 마음에서
비워내는 연습을 하련다
그냥 너무 아파서 조금 덜 생각하고 그리워하련다
안녕 끝나지 않은 내 그리움의 흔적들
다시 못 오겠지만 좋았던 순간들이여
아름다웠던 우리의 우정이여

먼 훗날 네가 간 천국에서 만나면 우린 다시 행복만 하자
조금씩 널 지워가도 이해해줘
나는 널 사랑하는 맘 하나도 변치 않고 그저 조금만
슬퍼하려는 것뿐
안녕

소라

곧 다가오는 너의 생일
7년 전 너는 간다는 인사도 없이 떠나갔지
닿을 수 없던 그 거리만큼 길게 놓인 그리움의 다리
널 혼자두기가 너무 아파서 너무 미안해서 내 마음은
아직도 너를 향해 너무나 크다
내 곁에 있겠다던 늘 함께 있을 거란 약속은 지킬 수 없
어도
네가 태어나고 네가 뿌려진 그곳은 그대로이겠지.
나의 눈물을 모르는 낙동강 강물은 내 슬픔처럼 흐른다.

이별과 사랑

가려는 그의 등 위에 서서
나는 하염없이 흐르는 눈물조차 닦지 못하고
끝내 한마디 말도 건네지 못한 채 보내고 말았다
이별이라는 건, 끝이라는 건, 이렇게 잔인하고 차가운 것
다가올 줄을 모르고 내 마음에 담길 줄을 모르고
바라본 그의 미소가 좋아서 너무 설레서
밤새도록 그리움으로 써 내려간 수많은 일기
사랑이라는 건, 시작이라는 건
이렇게 황홀하고 따스한 것

되는 되는 것

안 되는 안 되는 것들로 무수히 상처받은 나의 날들을
이제는 되는 되는 것들로 채우며 소박한 행복 누리고
싶어

추회

귀뚤이 너희들은 어떻게 가을인줄 알아서
이렇게 먼저 찾아와 반가이 인사를 나누는 건지
성큼 다가온 이 계절의 하늘은
눈부시게 찬란한 영광으로 피어오르고
머언 고향의 선물을 내게 가져다주겠지
나도 점점 닮아갔으면
넉넉히 모든 걸 품고 다 내어줄 여유를 머금은 이 계절을

나의 가을을

바로 당신이에요

내가 꿈꾸는 사랑은
화려한 그런 사랑이 아니라
언제나 늘 한결같은 진실한 사랑!
세상 누구나 꿈꾸듯
평범하지만 영원히 빛나는 사랑!
어리석은 날 깨우고
무감각한 날 변화시키는

지금 내 앞에 날 사랑해주는 당신!